한국대표서정시인선 164

봉숭아 피면 살아 있나 물어보고

김연대
시집

봉숭아 피면 살아 있나 물어보고

도서
출판 북인

사십여 년 떠돌다 버리고 떠났던 고향으로 돌아온 지 20년
이 지났다.

깊은 산 속에 묻혀 있는 산가山家 몇 채는 세상의 관심 밖
에 있는 풍경에 불과하고 그 안에 사는 사람 또한 마찬가
지이다.

이곳은 꽃도 피었다가 심심해서 며칠이면 지고 도회지에서
오던 카카오톡들도 얼마간은 오다가 끊어지고 만다. 그러
는 사이 계절도 바뀌고 해도 바뀌고 가까이 보이던 사람들
도 어느 날 갑자기 보이지 않고 사라져버려 세상과는 날로
멀어져가는 느낌이다.

그런 가운데서도 마른 나뭇가지에 앉아 검은 눈을 껌뻑거
리며 바람을 바라보는 까마귀가 있고 대낮에도 앞산 숲속
에서 제가 제일인 양 큰소리로 고함지르는 고라니가 있어
외롭지 않다. 아직은 자연과 사람에 대한 애정과 연민이 있
어 황사 봄날도 즐겁고 지는 해도 아름답다.

겨울까마귀 같은 소설가 문형렬이 내 사는 이곳을 불쑥 찾
아와서 멀거니 앞산도 쳐다보다 훌쩍 돌아서니 그 모습도
아름답다.

2024년 5월
김연대

차례

1부

너인 것 같다

항아리가 담겨 있는 시집을
별채 서가로 옮겨놓고 돌아오는 길에
무심코 쳐다본 밤하늘
거기 하늘 중심에
크고 빛나는 별 하나 있다
구름도 없고 작은 별도 없고
오직 크고 빛나는 별 하나 있다
나를 바라보는 너인 것 같다
너 말곤 떠오른
그 무엇도 없었으니까…

진정으로 사랑한다

진정으로 사랑한다
노도 치는 바다를 끌어안고
비탄하는 태산을 짊어진,
한없이 목마르고
한없이 배가 고픈 그리움
시작부터 모순인 가시밭길을
기꺼이 간다
목숨을 걸고

동심초

어느 가을날 강 언덕에서
강아지풀처럼 살랑 살랑 몸 흔들며
같이 살고 같이 죽자던 사람이 있었다
너무 반갑고 너무 좋아서
나도 그러고 싶어 눈물이 났다
그러나 정말 그럴 수 없어
이마를 맞대고 같이 울었다
바라보는 모든 것이 아름다운 꽃이어서
나도 꽃이 되고
그도 꽃이 되고
둘이 같이 꽃이 되어 피고 싶었지만
꽃으로는 필 수 없어
마음만 묶어 맨 풀이 되었다

당신은 답해보세요

사람이 사람을 사랑하지 않고
다른 무엇을 사랑한다 하면 그건 위선입니다
'당신은 눈에 보이는 사람을 사랑하지 못한다면
눈에 보이지 않는 주님을 어떻게 사랑하겠습니까?'라는
테레사 수녀님의 질문도 있습니다
그렇습니다
그래서 사람은 사람을 사랑해야 합니다
사람을 사랑하는 일은 자신을 사랑하는 일이며
자기 구현의 일 순위입니다
동물이 사람을 사랑할 수 있습니까
달도 별도 꽃도 사람을 사랑하진 못합니다
제가 당신을 사랑하는 것은
제가 사람이기 때문입니다
제가 당신을 사랑하는 것이 잘못이라면
저는 사람이 아닌 나무이거나 돌이거나
바위 같은 그런 것이어야 합니다
당신은 답해보세요
나는 당신을 사랑합니다

위험한 길

지금 그 길로 가는 것은 위험합니다
가지 않는 것이 좋아요

예, 저도 압니다. 위험하다는 걸
그러나 저는 그 길로 가야 합니다
저는 늘 그 길만을 택했으니까요

사랑도 젊음도 인생도
위험하지 않고 닿을 수 있는
그런 길 어디 있나요?

두려움 무릅쓰고 이 세상 와서
위험한 길 가지 않고
죽을 수 있는 길 어디 있나요?

내가 당신을 사랑하는 일은

내가 당신을 사랑하는 일은
풀잎에서 진주를 따는 일이며
파도에서 포말을 건지는 일입니다

내가 당신을 사랑하는 일은
무지개를 심장에 박는 일이며
돌에다 그 마음을 새기는 일입니다

내가 당신을 사랑하는 일은
미완의 나를
완성의 나로 만드는 일입니다

그러나 내가 당신을 끝없이 사랑하는 일은
완성의 나를 버리는 일입니다

이름 없는 꽃

햇살이 따스하면 몸이 아프고
비가 오면 쓸쓸하고
바람 불면 외롭고
눈이 오면 그립다
그래도 바라보는 눈길에 미움이 없어
너는 한 떨기
우주를 향해 피는
이름 없는 꽃이다

나의 첫 키스

나와의 첫 키스는 누구일까요?
열아홉 살 첫사랑은 가슴만 앓다가 끝이 났고
사랑하는 사람을 만났을 때엔
키스를 하면 죄가 될까봐
바라만 보다가 멀리 갔다
나의 첫 키스는 키스 없이 결혼한
지금의 내 아내가 되지 않을까
처음이자 마지막이 될
이 세상 떠날 때 하려고 남겨둔 키스

체념

서울 변두리 어디쯤인지 알 수 없는 곳
모서리 찢겨나간 포장마차에서 술을 마신다
한잔의 술로 세상의 무게를 저울질하며
까막까치들의 한숨도 마신다
쫓겨난 일자리와 빈 지갑을 생각하면
잘난 데도 없는 내가 세상을 어쩌고저쩌고
주먹을 치켜들고 목청도 높였어라
그럴수록 길은 흔들리고 나도 흔들려
무너진 토담 벽 기대서서
비싼 서울 술을 토한다
저들 까막까치들도 나를 위해서도
어느 한 가닥도 잡히는 게 없어
주먹을 풀고 흔들리며 돌아온다
지친 아내는 초저녁인데도
병아리 새끼들 치마폭에 싸안고 깊이 잠이 들어
시름의 무게도 보이지 않는다
나의 아내 착한 아내
내려다보니 천사 같다 부처 같다
내가 저 무릎 아래 엎드려
꺼칠한 맨발에 입맞춤하는 것이
이데올로기보다 혁명보다 낫겠지

추억의 꽃밭

그들은 모두 꽃이었다
봉숭아 같은, 코스모스 같은,
흰 무명 적삼 검정치마의 나의 어머니나
가난의 표시 같은 죽은깨 몇 점
얼굴에 붙이고 다니던
찔레순 같은 내 누이도,
여린 손목 순한 눈의 두 동생도,
마구간의 어미 소도, 송아지도,
다 꽃이었다
눈 감으면 떠오르는 추억의 꽃밭
아버지가 파수꾼인 울타리 안에
별명이 놀갱이*었던 키 큰 형은
키 큰 꽃이었다

*노루의 안동지방 방언.

애련

여름철에는 갑자기 소나기가 쏟아져
널어놓은 곡식을 물말이도 하고
바람까지 몰고 올 때는
처마 밑 축담 위의 것들도 다 적신다
아내가 손으로 빨아 널어놓은 이런저런 빨래를
젖기 전에 내가 먼저 걷어들인다
빗소리 듣지 못한 아내는
고마움과 함께
철이 드는 아이 바라보듯
기뻐하는 표정이다
걷은 빨래를 아내에게 맡기며
귀에다 대고 '호박전' 한다
본래 말이 적은 아내라 응답이 없다
창문에 기대앉아
흐릿한 저녁 산 바라보며
노년에 닥치는 어려움들을
이리저리 엮고 앉았는데
난청의 아내는 정말 호박전을 만들어
쟁반에 담아 가지고 온다
비에 젖은 코스모스 같다고는 할 수가 없고
연꽃 받쳐든 연잎 같다고 해야겠다

세월이 가면

세월이 가면 상처도 꽃이 되는가
무너진 담장 아래 깨어진 사금파리
달빛에 반짝 반짝
내 아버지 어머니의 가난의 잔해
눈을 찌른다

세월이 가면 영화榮華도 무덤이 되는가
아버지 생애인 양 빛나던 문패가
사랑채 기둥에 걸려 있지만
앞마당도 뒤란도 개망초 천지
만발한 허무가 가슴 찌른다

예순이

서쪽 바다 가까이 사는 올해 나이 예순인 예순이가
천 리나 먼 깊은 산에 묻혀 사는 날 찾아온다고 한다
삼십 년 전 둥둥 떠다닐 때
내가 이십 년이나 나이가 많아
나를 형님이라 불렀지
시간이 참 빨리 갔네
그 사이 나는 부양인에서 피부양인 되고
예순이는 그때나 지금이나 올드미스니
예순이는 예순이다
그렇지만 바람 불고 파도 치면 쓸쓸하지 않은지
그때는 물어보지 않아 이번에 만나면 물어봐야지
하기야 인생이란
더하고 빼고 곱하고 나누면 O 아닌가
코로나팬데믹이 만든 인사 방식
포옹은 커녕 악수도 못하고
팔꿈치로 치고 맞아야 한다
삼십 년 만인데도

닿지 않는 질문

나는 물이 있는 곳에서 살고 있는데
너는 불이 없는 곳에서 어떻게 사느냐
나는 불이 있는 곳에서 흰 밥을 먹는데
너는 물이 없는 곳에서 무슨 밥을 먹느냐
밤하늘 날아가는 찬 기러기 떼
그들에게 물어봐도 대답이 없네
쇼가 끝나면 금방 돌아오리라
나는 너를 기다리는데
환한 유리창 앞에서 기다리는데
너는 캄캄한 벽 저 너머에서
깜빡 어느 꽃에 취하여
돌아오는 국적선을 놓친 것이냐

도리스 데이*

간밤 낯선 강변에서 혼자 헤매는 젊은 여자를 만났다
지친 얼굴로 직업이 없다 해서 내가 대뜸 말하길
"당신은 도리스 데이와 얼굴이 똑같소
영화계로 나가 배우가 되어보시오" 했다
도울 수 있는 방법이 그뿐만은 아니었을 텐데
평소와 달리 냉정하게 대한 나 자신을 돌아보다 꿈에서 깼다
일어나 앉아 창문을 열어보니 키 큰 파초가
조금 전 꿈속 여인처럼 어둠 속에 서 있다
도리스 데이 떠올리며 필름을 돌려본다
1962년 겨울 월미도 그 섬에 갇혀
미군 막사 난로에 스물네 시간
기름 넣는 스무 살 노동자
그러다보니 캡틴룸도 무비홀도 무상출입
이런저런 거 얻어먹고 새우잠 자고
섬에 뜨는 눈썹달 크는 거 바라보며
천 리 고향 그리며 꿈을 키우던 때
나는 그 덕에
무삭제 외국영화 마음대로 보았지
케세라 세라를 부르던 도리스 데이
너무 좋아했었다 도리스 데이

* Doris Day : 1922~2019년 미국 가수, 영화배우.

2부

꽃

아무도 없는 호젓한 산길에서
혼자 꽃을 들고 서 있는 일이
무슨 의미가 있나?
오는 이도 가는 이도 없는
호젓한 산길에서
혼자 꽃을 들고
웃고 서 있음은
오직 꽃을 위한 서사敍事
그것뿐이네

시에 대한 헌사

밤을 바치고 새벽을 바치고
해와 달을 바치고
영혼을 바쳤다고 고백한다

다가갈수록 멀어지는
절벽 위의 신기루
긁어대던 손톱이 조금 남았다

그러나 그것 말고
나를 바칠 그 무엇도 있지 않으니
나에게 미안하다

그가 아프다

그는 약자를 무시하지 않는다
그가 약자이기 때문이 아니라
약자는 우선 보호대상이기 때문에서다

그는 강자 편은 들지 않는다
강자 편을 든다는 건
저열한 아부이기 때문이다

그는 상대를 억압하지 않는다
그가 당해봐서가 아니라
그 자체가 비열한 행동이기 때문이다

그는 불의와 타협하지 않는다
그것이 탄로나지 않는 것이라 해도
불의의 순간 스스로 창피하기 때문이다

그 같은 사람을 병신이라고
비웃는 것이 지금의 세상
그래서 그런가
그가 아프다

착한 친구들

산골 사는 나는 나이도 많은 데다
가진 것도 없어 친구가 별로 없다
마주한 산이 내 친구고
가진 것 없는 구름이 내 친구다
오늘은 구름 친구가 흘러가다가
나처럼 다리가 아픈지 허리가 아픈지
앞산 등성이에 누워 쉬고 있다
그 구름 친구 누워 쉬도록
길게 등 받쳐주고 있는
산등성이가 착해 보인다

가을 정령

귀뚜라미 이마에 내린 달빛이 차고 푸르러
귀뚜라미 울음이 차고 푸르고
귀뚜라미 이마에 내린 이슬이 희고 맑아서
귀뚜라미 울음이 희고 맑아
밤새들도 날지 않고 숨죽여 듣고
들쥐들도 기지 않고 숨죽여 듣네

그림자 없는 영혼
싸늘한 가을밤을 뜨겁게 달군다

자가당착

화장실 좌변기에 앉아
배설을 즐기며
지구 한구석에 붙어 있는 실로 작은 땅
한반도와 다름없는
점 같은 작은 물건에
큰 손이 관심한다
조놈이 모기면 죽이고
거미면 살려둘 것이다
손가락으로 살짝 건드리니
기겁하고 달아난다
고놈은 해충이 아닌 익충
거미 새끼였다
모기였으면 아침부터 피를 보았을 것이다
이 자기 중심적 해석의 내셔널리즘의
무소불위의 폭력이
세계를 요리하고 있다

생략

나는 아무 질문도 하지 못했다
항상 밀려 있었음으로
그럴 기회를 얻지 못했다
많은 질문이 쏟아지고
많은 대답들이 널려 있었지만
그냥 지나쳤다
질문과 대답들이 내가 구하고자 하는 것과는
색깔도 풍경도 다른 것이어서
눈과 귀를 생략했다
내가 닿아야 할 곳이 멀리 있고
내 걸음걸이가 더딘 걸 알아
나마저 생략해야 했다

늙은 왕자

늦가을 햇살이 넘치도록
맑고 밝고 따스하다
가진 것 없어 빈손인 이 시대의 왕자

몸에 밴 절약이 남아도는 햇살을
마음속에 차곡차곡 주워담는다

왕자는 늙어서 죽은 다음에 저세상 가서
이 세상이 추워서 떨고 있을 때
갖고 간 햇살을
무덤 밖 세상으로 비춰주려고

더러 더러 살아가면서

나는 살아가면서 더러 더러
쓸쓸함 아닌
씁쓸함을 맛볼 때가 있다
그건 나와 직접 관계가
있고 없고를 떠나
배은하고 망덕하는 사람들을 보는 일이다
그럴 때마다 나는 그들이
괘씸하게도
불쌍하게도 생각되는데
그럴 때마다 나도 혹시나 나 모르게
그러고 있지 않나
더러 더러 놀라기도 하고
돌아보기도 한다

만년 그리움

그리워라 그리워라
이름 없이 그리워라

그리워라 그리워라
얼굴 없이 그리워라

꽃잎 속에 숨어 있어
구름에 가려 있어

슬플 때도 그리워라
기쁠 때도 그리워라

눈 오는 날 그리워라
바람 부는 날 더욱 그리워라

지금도 그리워라
먼 훗날 그때도
지금처럼 그리워라

달북과 뒷북
— 문인수 시인 영전에

'달북 형!'
'어. 후고後鼓 형!'
우리는 서로 그렇게 불렀었지
오늘은 불렀는데 대답이 없네
김선굉 시인이 쥐어준 북채 받아쥐고
만개한 침묵 난타로 두드려
소리로 글자로 박살내보려고 달려가느라
후고의 뒷북소리 듣지 못했나보네
정처 없는 후고에게 정처를 알려준
자리 없는 후고에게 자기 자리 나눠준
잔이 없는 후고에게 술잔을 내어준
달북 형!
서른 몇 해 전 처음 얻은 여름휴가 3박 4일을
대구에서 시외버스로 여섯 시간을 설레며 가서
강릉 해변시인학교에 입교했을 때
처음으로 만나 말을 나눈 시인이 달북 형이었지
심상시인회 회원들이 대구에서 모임할 때
회원 아닌 나를 불러 앉히기도 하고
시도, 인품도, 백합 같은 이진흥 시인에게
들풀 같은 나를 슬쩍 붙여놓고

그 변이를 즐기던 분이 달북 형 아니던가!
그밖에 갚지 못한 빚도 몇 개 더 있어 이참에 밝혀야겠소
어느 해 봄 쓴 냉이도 캐고
눌운세 앞개울 물속에 첨벙거리며 들어가 건져올려
무겁게 배에 붙여 안고 온 돌, 그 돌에 높이 뜬 만월
아직 제자리 만들지 못했는데
본때 있게 세워놓고 말하려 했던 거 하나, 그리고
형이 내게 써준 시 「눌운세」에 아직 화답 못한 거 있고, 또
있네
"후고 형! 산문집 한 권 내시오.
제목은 내가 '바보 구름과 뒷북'으로 잡아놓았으니"
이런 일들이 어제 같은데 십 년이 넘었네
더듬거리는 후고 발걸음에 조금은 실망이 있었을 수도,
그렇지만,
후고도 지금, 시간 재면서 틈 보고 있는 중, 그러니 조금
기다리시길
기다리시면 이 후고 머잖아 영 심심치는 않게
엎어지고 자빠지며 허허 뒷북 한번 '둥' 치겠나이다
"내 시는 해탈하지 마라"
달북 형의 어느 시집에 있었던 이 시구詩句 때문에
후고의 시가 해탈을 미루고 있다고 한 적 있었지요
그런 거 저런 거 다시 만나 얘기하게
만날 때까지 편히 쉬시오

43

춘자야

춘자야 우리 놀러 안 갈래
만파식적이 어찌 동해 용왕에게만 있어야겠느냐
정월 메주도 양지 볕에 두면 뜬다고 하잖아
이월 매화는 바람을 맞아야 향기가 높단다
어젯밤 꿈자리에
앞뒷산 진달래꽃이 다 지던데
꽃 지기 전에 춘자야
봄놀이 안 갈래
오늘이 삼짇이고
모처럼 제비도 돌아왔다
봄이 오니 네 생각나서 혼잣말 했다

시인들의 이름

오탁번
이기윤
문인수
이동백

수첩 한 면에 시인 네 명 이름만 쓰여 있다
생각해보니 어느 해 여름 문인수 시인이 나를 불러서
어딜 가는지도 모르고 따라가면서 적어놓은 이름들이네
그러고보니 서울에서 내려온 두 시인과
우포늪 가시연꽃 구경간 날이었네
가는 길에 내게는 처음인 대가야 고분군을 둘러보고
말로만 들어본 우포늪 또한 그날 처음 보았네
내 눈에는 우포늪이 바다처럼 보였네
아니 온갖 생명들의 자유천지였네
가시연꽃은 때가 일러 보지 못했고
대구에서 온 시인들 여러 명을 연꽃 만나듯 했네
누가 가져온 것인지도 모르는 소주를
어두워진 물가에서 여러 병 마신 것까지
그 다음은 기억이 없네, 달이 늪에 비친 것 같기도 했고…
달북이 우포 말고도 참 여러 곳에 나를 데리고 다녔네

45

월여月女 2

남편의 주머니에, 지갑에, 통장에
돈이 얼마 있는지 한번도 물어보지 않은 여자
알려고도 하지 않은 여자
한 달 생활비로 남편이 주는 돈은
주는 대로 받을 뿐
주지 않으면 왜 주지 않느냐고
묻지도 않은 여자
쌀가게집에 세 들어 살면서도
밥 지을 쌀이 떨어져도 외상 쌀을 가져오지 않고
아이에게 빈 젖을 물리고 그냥 조용히 앉아 있는 사람
세 겹까지 기운 러닝셔츠를 남편에게 입히는 사람
천한 돈은 갖다버리는 사람
그렇게 살아온 사람
그런 사람을 뭉쳐서 음해하면 안 되는데
가까운 사람들이 누명을 씌워도
발명 않고 누명을 쓰고 사는 사람
그는 성자인가 바보인가
천하의 깡패 같은 남편을
하늘로 여기면서도 항복받는 여인
그런 여인과 평생 산다

무섭지 않으면서 무서운 여자
나의 아내

봄편지

보다 더 나은 세상 만들어보려고
민들레는 열심히 머리 짜고 노력한다
지난 봄 꽃 피우고 쉴 틈도 없이
낙하산 타고 멀리까지 날아가다가
위험한 바위틈에 떨어졌어도
낙심하지 않고 봄 오길 손꼽아 기다리는데
바위는 봄이 와도 졸고만 있어
이래선 안 되겠다 민들레 홀씨 작은 주먹으로
바위 옆구리 꼭꼭 찌른다
그래도 바위는 꿈쩍도 않아
바위 귀에 대고 열심히 외쳐댄다
바위야 바위야 정신차려서
나하고 같이 동업해보자
네 틈새 빌려주면
나는 아침 해 닮은 고운 꽃 피울게
그래서 우리 같이 따뜻한 세상 만들어보자
미련한 바위도 착한 동무 말에
잠 깨서 눈 뜨고 기지개 켠다

3부

벽암록

난초꽃이 삼경에는 요염하구나!
아득한 깊이의 암향
검으로 베어 가지고 싶어서
한생을 바쳐서 칼을 갈았네

찔레꽃 필 무렵

찔레꽃 피는 무렵이면
이 산 저 산 날아다니며
잃어버린 짝을 찾는 듯한
뻐꾸기 소리 유별나다
뻐꾹 뻐꾹 뻐꾹
이런 뻐꾸기 소리 가만히 듣고 있으면
육이오 때 결혼하자마자 군에 가서 죽은
집안 형들이 생각나고
그리고 평생 혼자 살다 죽은
이종누님과 형수님들 생각이 따라 난다
원혼이 있다면 만 번은 그러고도 남을 것이다
산기슭 개울가 무더기로 피는 하얀 찔레꽃이
그들 순수 영혼인 것 같기도 해서
이때는 나도 잊었던 사람
만날 수 없는 사람 생각에 잠겨
찔레꽃도 뻐꾸기도 내 영혼이 됩니다

친구 생각

그는 나를 좋아했다
특별히 좋아한 것이 아니고 그냥 좋아했다
모피 옷이나 좋은 술이 생기면
이런저런 이야기보따리 속에
함께 넣어 가지고 왔다
그는 퍽 너그러웠다
낮은 신분으로도 높은 기개를 펴는
억눌린 마음을 사랑했으니까
밤 늦은 귀가로
기다리는 가족들은 생각지도 않고
통금 가까운 시간에
세계 평화를 들먹이곤 했다
그는 지금 어디서 무얼 하는지…

바람은

내 뺨을 때리고 가는 바람은
내 소매 붙잡아 넘어지게 하는 바람은
정체가 없는 정체
석양의 무법자
얼굴 없는 천사
이도 저도 싫은
무국적 아나키스트
가진 것 없는 프롤레타리아트
이 세상 어디에도 집이 없는
버려진 영혼의 떼거리이다
떠다니는 아우성이다
살고 싶은 너와 나
새벽의 절규다

빈뇨頻尿

나는 오줌이 마려워 오줌을 누면
내 오줌줄기는 언제나 오른쪽을 향한다
나는 스스로 의심하고 고민한다
오줌이 오른쪽을 향하면 나는 우파인가?
아니지 아니야 나는 우파가 아니야
그렇게 우문우답하며 가만히 살펴보면
나의 오줌줄기의 뿌리는 왼쪽에 있어
그렇다면 나는 좌파 아닌가?
나는 또 놀라 의심하고 고민한다
아니지 아니야 나는 좌파가 아니야
오줌을 누면서
나는 또 스스로 의심하고 또 묻는다
그럼 너는 무어냐 중도라는 거냐?
아니지 아니야 나는 중도가 아니야
중도는 처음부터 싫어해
어느 시절의 참혹한 역사
"이 새끼 회색분자 아이가?"
그 공포의 소리
환청일 수만 없는 역사를 살아
시원치 않은 노인의 빈뇨
가늘다 못해 끊기고 만다

옛날엔 뒷간에 앉아서도 웃었는데

내 고향 안동은 이야기가 참 많은 곳이었다
산천도 강물도 맑고 푸르렀고
이끼낀 세월도 천 년이 넘어
나는 사람도 짓는 풍물도 맑고 푸르렀다
사랑방에 가도 안방에 가도 정지에 가도 심지어는 뒷간
에 앉아서도
맵고 짜고 시고 떫은 이야기로 웃었고 활기찼다
호랑이 담배 피우는 이야기는 별 것 아니고
산골 아이들에겐 여름밤 마당에 펴놓은 멍석 위에 누워
이 별 저 별 푸른 별 세고 있다가
앞산에서 뒷산으로 펄쩍 건너뛰는 호랑이
덜렁거리는 불알을 봤다는 이야기보다 더한
어른들도 배 째지고 입 째지는 해학이
진모래의 모래알처럼 많고 많았다
그런 곳이 안동이어서 양반도 상놈도 똑같은 사람이어서
하회탈춤 같은 것도 생겨나 함께 웃고 함께 즐겁게 살
았다
나라가 망하자 나라를 구하려고
전 재산을 던지고 가문의 명예에 먹칠을 하면서까지
패가망신 파락호를 위장한 어른도 있고

품이 넓은 도포자락 향기가 있어 겨울 아침에도 매화가
피던 곳

　그런 곳이었기에 안동양반이란 소릴 들었지 않았던가

　그런가 하면 또 고루한 데도 많아

　사람 가슴에 사무침도 학가산 봉우리만큼이나 쌓였을 터

　이래저래 안동은 일천 년 역사의 땅

　우리 어매가 내 세 살 때 외할아버지 돌아가시어

　젖먹이 나를 떼어놓고 수년 만에 가는 슬픈 친정길

　재 넘고 물 건너 삼십 리 산길 들길 걸어가는데

　아버지는 십 리나 떨어져 남남처럼 갔다니

　어머니 생전에 지워지지 않은 기억

　양반은 그래야 하는가를 아들인 내게

　황혼에 회한처럼 물으시던 인고의 삶

　내 어머니의 혼자 이야기는 아니다

　그런 유형의 고루한 그림자는 그분들이 다 가고 세기가
바뀌어도

　사라지지 않고 더욱 굳어져 세력이 되고 있는 것은 아
닌지

　안동은 이름 그대로 편안한 동쪽, 사람 사는 곳이었는데

　옳은 길 가고 바른 말 하고 숙맥도 기죽지 않고 기죽이지

도 않던 곳
　　그런 이곳의 이런저런 세상에 없는 이야기
　　이제는 들려줄 사람들도 점점 사라져가고
　　들어줄 사람도 없어져 간다
　　종말에 남을 건 커다란 호수 두 개, 안동호 임하호
　　헌 물은 고여서 화석이 되고
　　새 물은 오지도 않고
　　온다고 해도 흐르기 어려우니
　　내 고향 사정이 이렇다보니
　　내 집 화장실이 황금장식이 아니어서 그런지
　　양변기에 앉았어도 웃음은커녕
　　씁쓸하다 못해 서글퍼진다

눈발 전단

누구의 맨손인 듯 누구의 맨발인 듯
어느 시절의 그리운 얼굴인 듯
눈발이 흩날린다
아득한 높이에서 뿌리는 전단

찢어진 흰 옷자락의
부서진 뼈의 흩날림이다
산화한 피의 점적이다
억울한 눈물의 투신이다
백의고혼白衣孤魂이다

비애로 얼룩진 백 년 사초史草
— 이육사 홍범도 안중근 현진건 이상화 윤동주…
흙탕물을 씌우며 짓이기고 간다

지리산

이틀 밤 사흘 낮 스물여덟 시간
계곡의 숨소리 짚어가며
지리산 백 리 능선 구름 밀고 간다
노고단 반야봉 피아골 이현상 아지트
산수유 잎새마다 가지마다
새록새록 돋아나는 맑은 기운들
고와서 눈물난다
능선에 계곡에 후미진 골에
뛰던 발자국 기던 발자국 아픈 역사의
그 발자국 밟아가면
그 발자국 파고드는 밤 새소리
그 밤 새소리에 내 발이 먼저 아파
벽소령 푸른 별도 아파하는구나!
천왕봉 보름달도 아파하는구나!
동이 트기엔 동이 트기엔
아직도 밤이 깊은 밤이 깊은 산

순수의 전조

시린 손들이다
처진 어깨들이다
허탈한 가슴들이다
가랑잎처럼 이리저리 굴러다니다
드디어 광장으로 모여들고 있다
바람 앞에서 우우 노래 부르고
찬비 맞으며 와와 함성 지르며
강물이 되고 있다
파도가 되고 있다
산맥이 되어 굽이치고 있다
어둠 속의 한 줄기 빛 거룩한 분노
누가 감히 막으랴!
추잡하고 더러운 이름들을 지우고
마침내 새 시대를 열려는
뜨거운 햇불이 오르고 있다

풀잎 선언

세상에는 짜고 치는 고스톱이란 게 있단다
끼리끼리 뭉쳐서 부추기고 해먹는
번지르르한 얼굴이 있단다
대의를 팔고 정의를 내세우며
마음대로 카드를 바꾸는
광포한 바람들이 있단다
그래도 우리는 떨지 말자
강한 것은 더 강한 것을 만나 부러지게 되고
못된 것은 더 못된 것을 만나서 깨어지게 된다
강한 것과 아름다운 것은
비교치가 아닌 별개의 것이다
절망하지 말자 희망을 갖자
그리고 겸허하게 기다리자
달걀은 깨어나 바위를 넘지만
바위는 한 걸음도 옮기지 못한다
우리는 때가 되면 꽃도 피우고
열매도 맺을 것이다
우리는 낮게 있어도 비굴하지 않고
높게 있어도 오만하지 않아
밤이 지나고 아침이 오면

맑고 고운 이슬이 축복처럼
우리들 이마를 짚어줄 것이다
순수의 흰 손으로 짚어줄 것이다

이태원 梨泰院

이 가을이 우울한 것은
계절의 변화 때문이 아니다
때에 이르러 물들고 지는 일이야 축복 아닌가

이 가을이 불안한 것은
곧 겨울이 오고 추위가 따라와서가 아니다
헐렁한 소매와 얇은 지갑에서 느끼는
그런 불안이야 삶의 곡진한 또 다른 맛이 아니랴

이 가을이 슬픈 것은
먼 산골에서 무를 뽑다가도 슬프고
시래기를 엮다가도 눈물이 나는 것은
이 가을 이태원 밤거리 걸어보고자
모처럼 친구들과 축제에 갔던
꽃다운 우리 젊은이들의 억울한 떼죽음이
나의 죽음과 같기 때문이다

내가 스물한 살 때 저들과 같은 나이 때의 이태원
그해 화폐개혁으로 100환이 10원으로 절하되고
나는 용산 미군기지 사우스포스트에서 시급으로 일하여

이만 원 월급이 이천 원 된 때를 추억한다
이태원시장 안 함홍옥 밥집의
밥 한 공기 값이 100환에서 10원 되고
잔치국수와 왕대포는 50환에서 5원으로 바뀌어
월급 절반이 밥값이었는데도 배고팠던 때를
아름답게 추억하며 긴 인생을 살았다

꿀꿀이죽을 먹었어도 국가는 있었고 자존심도 살아
처음으로 나온 국산 술 도라지위스키를
돈이 없는 우리들은 이태원 시음장에서 공짜로 마시고
취해서 찬바람재를 맨손으로 쓸며
젊음의 낭만도 누렸던 그 거리를
이젠 아름다운 추억으로 간직할 수 없다

억울하게 죽은 나의 분신들이
사랑하는 나의 젊음들이
살아서 환호하며 돌아올 때까지는
내게는 내내 슬프고 슬픈 거리가 되었다

황사 먼지

날마다 부는 바람 바람 바람
한반도로 날아오는 황사 먼지는
지구로 떨어진 운석의 뼛가루들
억 년 목숨이 붙어 있어서 눈코입이 살아 있어서
새 땅을 찾아 산 넘고 바다 건너 허공으로 탈출한 거
민주공화국 대한민국 상공에서 낙하점을 찾는 거
거기 더러운 먼지도 끼어들어서 자리찾는 거
내려다보면 옛 도읍지 성내 종로 을지로 광화문이나
별천지 강남 역삼 송파 은평 여의도 그런 곳에 떨어지면
금싸라기땅이니 황사도 금으로 신분이 바뀌지만
남도나 북도 또는 북녘 땅
거기 떨어지면 흙먼지가 되고 말아
고난의 비행이 패착이 되고 만다
아. 나는 지금 어디에 떨어져
금덩이가 되느냐 흙덩이가 되느냐?
절체절명의 운명의 기로에 서 있지만
시방 눈앞이 내 의지 아닌 내 실력 아닌
부모 찬스 같은 허위 이력 같은
오직 바람 바람 바람
그 바람에 달렸으니

옛 친구 김도현

"어디 어떻게 사느냐고
묻고 싶었는데
만난 김에 따라와보았다
　　산 너머 산 너머
　　세상보다
　　더 좋은 세상
　　그리며
　　사는 모습, 내 눈에도 잡히네"
　　　　기축년 정초 道鉉

굴욕외교 반대하다
모진 고초 당할 때
이빨을 물고 '죽여라'고만 소리쳤던
나의 옛 친구

고라니 친구

이 마을에는 열두 집이 살고

스물네 명이 살고

남녀가 반반이고

육학년은 둘뿐이고 나머지는 칠학년 팔학년이고

이들은 허리가 안 아프면 다리가 아프고 이가 탈나고

가래할매는 마을회관이나 밭에 오갈 때 지팡이 짚고

가는 데 반나절 오는 데 반나절 보는 이도 지루하다

앉아서 끌고 가는 다리, 영덕대게 같다 하면 욕먹는다

할배들은 어떤가

허리도 꼬부라지고 어깨도 처져

비 맞아 축 처진 회관 깃발 같다

바람 불어도 펄럭일 수 없는 깃발

고운 것 없지만 안실푸다

그래도 이 골짝에 팔팔한 것은

달빛 먹고 이슬 먹고 여우비 맞고

우북수북 키가 크는 상추와 쑥갓 있다

그걸 밤중에 어느 틈새에

날렵하게 베먹고 숨어버리는 고라니가 있다

고라니는 일지매처럼 내가 한 짓이라고

예쁜 V 발자국 도장 꼭꼭 찍어놓는다

수풀 속에 살아도 정직한 것은 고라니들이고

정직한 고라니가 재미있는 내 친구다

베먹어도 돋아나는 상추와 쑥갓이

아침 희망이고 저녁 위로다

나무 도포道袍

누구는 아버지한데서 받은 선물이
붓 한 자루라고 하고
또 누구는 '너는 책과 살아라'가
마지막 말씀이라고 한다
모두들 아버지로부터 대단한 것들을 받았다
나도 아버지로부터 받은 게 있다
열두 살 때 내 키에 맞춰 만든 나무지게 하나
신기해서 그걸 메고 좋아했었다
그렇게 시작한 세상 짐 져나르기
일찍부터 훈련시킨 아버지의 고육지책
아픈 선견지명
황제에겐 청룡검이거나 투구 같은 것
부처님은 금란가사
우리 초동樵童들에겐 최고의 의상衣裳으로
나무 도포라고 불렀다

4부

카르마 1

그때 그랬듯
지금도 그렇구나!
서른 살 젊었을 적 뻗은 손가락
일혼 홀쩍 넘은 간밤 꿈속에서도
구부려지지 않고
그때처럼 뻗었구나!
육도를 윤회하는
어두운 내 그림자

*카르마 : 산스크리트어. 불교에서 말하는 몸과 입과 마음으로 짓는 선악의
소행, 업.

카르마 2

꿈속에서 가끔 길을 잃는다
인가도 행인도 없는
길이 끊어진 강변이거나
산악 분지에 혼자 서 있다
휴대폰도 챙기지 않아
구조 연락도 할 수가 없고
얼마나 먼 길을 걸어야 할지
막막해할 때 꿈을 깬다
고민에서 해방되는 순간의 기쁨은
실로 크다
휴대폰도 옆에 있고
가족도 옆에 있고
지갑에 용돈도 조금은 남아 있고
그럼에도 불구하고
또 다른 막막함에 몸을 뒤척인다
원죄와도 같은 벗어지지 않는 굴레
사해를 떠도는 오온五蘊의 일엽편주

카르마 3

길가 또는 빈터에 버려져 있는 빈 병을 보면
나는 그냥 지나치질 못한다
무슨 죄처럼 흙이 묻어 있기도 하고
불량 양심처럼 더러운 물이 고여 있기도 한 그 병 속에
내가 들어가 꿈을 꾼다
희로애락에 동원되었거나 참여했던 것들
술병도 있고 약병 향수병 기름병
노스탤지어 같은 푸른 잉크병도 있다
처음 용도가 대부분 짐작이 가고
무엇을 담아 쓸 수 있을까를 생각하다 꿈을 깨지만
한번 쓰이고 버려지는 것이 아깝기도 하고
이렇게 저렇게 버려져 뒹구는 신세가
조금은 슬프기도 해서
버려진 빈 병을 보면 나는 그냥 지나치질 못한다
밀려난 군상들의 얼굴이기도 하고
쓸쓸한 나의 자화상이기도 해서

팬데믹* 메시아

한 알의 모래에도 미치지 않는 작은 미생물이
출현 백여 일 만에 지구를 흔든다
사람을 상대로 매일 수십만 명에게 옮겨다니며
매일 몇만 명을 천국으로 보낸다
세계는 나라마다 금고를 열어 돈을 풀고
나도 국가긴급재난지원금을 받아
몇 달 만에 장터로 나가 정치 퍼포먼스 아닌
한 발 자란 머리털 시원하게 삭발하고
신발도 사고 모종도 사고 생선도 사고
그 돈으로 택시를 타고 집으로 돌아오니
날아갈 듯 기분이 좋다
세상이란 이렇게 엉뚱한 곳에서 문제가 생기고
답 또한 엉뚱한 곳에 있는 것처럼
코로나19가 던지는 화두가 꼭 그렇다
만나면 형님 아재 하면서 시비가 걸리고
싸움이 벌어지던 마을회관이 빗장을 치니
마을 또한 어느 때보다 평화롭기 그지없다
석가도 예수도 치유못한 병든 세상
코로나바이러스가 지구 메시아로 온 것은 아닌가?

*전염병이 세계적으로 유행하는 현상.

자업자득

코로나19 팬데믹은
인간들이 지구 허파를
뜯어먹고 살찐 만큼
피해청구를 하는 것이니
뜯어먹은 우리는 할 말 없다
됐다, 할 때까지
마스크 써야지!

새터민

소쩍 소쩍 소쩍
봄도 아닌데
산가 지붕 처마 끝자락
가늘게 파고드는 소쩍새 소리
기진한 울음
가슴 저민다

계절을 전전하다
가을 문턱에
저녁 어스름에
끓는 냄비 물에
데치는 호박잎에
힘없이 떨어지는
영혼의 신음

이국異國에 우는 새여
삼국三國에 우는 새여
떠돌고 있는
지친 날개여

산골 봄소식

산골에 봄 오는 소식은
산 넘어 소문으론 알 수 없고
잔설이 희끗희끗 남아 있는 산비탈
할아버지 등허리 가려움증으로 안다
어느 화공이 산비탈에 연두색 물감을 칠하고 있는지
할아버지 등허리가 더욱 가려워
대나무 효자손이 연두색을 덧칠하듯
자꾸 자꾸 가려운 곳 긁고 있는데
굴속에 숨어 있던 다람쥐란 놈은
어린 손자처럼 재빠르게 튀어나와
묵은 등걸 타고 앉아 주판도 없이
새로 비추는 금빛 햇살을
앞발로는 굴리고
뒷발로는 낱낱이 세고 있다
고놈도 참 부지런키는…

봄의 탱고

앞산이 툭툭 연두로 터지니
뒷산도 툭툭 연두로 터진다
묵뫼 봉분 옆구리도 따라 터진다
주르륵 터지는 시간의 솔기
늙은 시인의 어둡던 귀도 툭 터진다
여봐! 여봐! 일어나봐!
묵뫼 속 할배도 할매도
어서 어서 일어나 춤을 춰봐
하늘 나는 제비들이
풀밭 염소들이
개울물 속 버들치들이
저마다 외쳐대는 소리 시끌벅적하다
바람에 날아가는 하얀 꽃잎이
시인의 귀에 대고 귓속말한다
봄날이 와요! 봄날이 와요!
꽃잎이 눈처럼 날리는 봄이 와요!
갑자기 나비 한 쌍 날아와 끼어드니
벌어진 춤판이 확 커진다

황사 봄날

이 봄은 황사가 더욱 심하여
황사 속에 나의 꿈도 묻히어가서
한 발짝 세상과 멀어 있는 날
내가 아직 이 세상에 살아 있는지
생사 유무 확인하는 사람이 있어
가슴 뭉클하다
지열도 올라가고 매화도 피려하고
세상 풍문은 이리 기쁜데
사람들은 어찌하여 괴로워들하나
구름 놀다가는 비어 있는 뜰 한 구석
바람을 안고 꽃씨를 뿌린다
봉숭아 피면 살아 있나 물어보고
코스모스 피면 죽지 않았는지
떨리는 가슴으로라도
나도 소식 물어볼게
너도 이 봄 행복하여라

000-0000-0000

나는 별 필요가 없다고 했는데도
딸이 사서 보내온 스마트폰
아침에 충전하여 저녁때가 되었는데
충전량이 아침 그대로다
전화 한 통 온 데도 없고
전화 한 통 건 데도 없어 그냥 100%다
댓돌에 걸터앉아 지는 해 바라보며
허공으로 한 통 보내본다
000-0000-0000
돌아오는 말씀
지금 거신 번호는 없는 번호입니다
다시 확인하신 후 걸어주시기 바랍니다
지는 해는 문을 닫아 받지 않는가
조금 있다 어두우면
즐비하게 개점하는 별들에게
다시 한번 걸어볼까
우리 딸이 힘들게 벌어서 개통해 보낸
대용량 몇 기가바이트
최신형이라잖아

이명耳鳴

우수수 잎이 질 때
무슨 소리에 묻어오는 뱃고동 소리
참 이상하다
바다가 여기서 천 리나 먼데

스크루가 돌아가는가?
산밭이 기우뚱 골짜기로 쏠리고
허공도 한 바퀴 원을 그려
드디어 범선이 출항하는가?
계절이 바뀔 때
혹은 바람이 불 때
무슨 소리에 묻어오는 뱃고동소리

찌그덕 대문 같은 두 귀가 잘못 열리면
신호를 잘못 받고 오작동하면
계기가 180도 뺑 돌아가
밀항을 꿈꾸던 소년이 된다
먼 항구의 뱃고동소리 듣는다

'괜찮다'가 어머니

전화로 듣는 어머니의 목소리는
분명 힘이 없으신데
괜찮아요? 하고 물으면
괜찮다 하신다
어디 아픈 데 없으세요? 하고 물어보면
괜찮다 하신다
가시는 날 아침에도 괜찮아요? 라는
철없는 물음에
어머니는 나는 괜찮다 하신다
'괜찮다'가 어머니셨다

어버이날

오늘은 어버이날 여든 넘은 아들이
앞산에 계시는 어머니 뵈러 간다
오르는 길가 굴참나무 신나무 상수리나무
나무들 가지마다 피어나는 이파리들
새롭고 이쁘고 해맑아
멈춰 서서 손으로 만져보는데
너무나도 뜻밖의 감촉
부드럽고 촉촉하고 따스한 어머니의 손
걸음이 더딘 지팡이 짚고 오는 이 아들 바라보다
산길 마중 내려오신
어머니의 손 어머니의 살결
만지고 만져봐도 틀림이 없어
눈물이 핑

파차유감破車有感

가슴으로 밀려드는 그 무엇 때문에
정체불명의 그 무엇 때문에
조바심하며 안달복달하며
바퀴가 부서지도록 내달렸는데
시간으로 치면 대꽃이 필 만큼
거리로 치면 이승의 끝자락쯤
무거운 짐 싣고 내달렸는데
돌아보니 제자리 맴돈 것
헛바퀴 굴린 것
해는 지고 실린 짐만도 한껏 무거운데
이를 어쩌나!
산그늘이 또 한 짐
부서진 수레에 내려앉고 있다

동상이몽

까마귀는 하늘 날며 나무 위에 살고
고라니는 들판 수풀 속 땅 위에 살고
버들메기는 흐르는 개울 물속에 산다
동무 없는 나는 혼자 심심하면
까마귀 찾아 빈 하늘 바라보다
고라니 찾아 빈 들판 바라보다
버들메기 찾아 흘러가는 개울물 들여다본다
이들은 나를 동무로 받아주지 않을 것이지만
그래도 나는 이들과 동무하고 싶다
이들은 어린애도 아는 돈도 모르고
거짓말이나 음해 같은 건 상상 밖이고
싸움은커녕 무기도 갖지 않아
외롭고 쓸쓸하게 나무 위에 앉아 살고
배고파도 수풀 속에 숨어서 살고
물 따라 유랑하는 집이 없는 족속들
그 고독한 영혼들과 어울리고 싶어
오늘도 그들 길목을 서성거린다

내년에도 봉숭아 피면 살아 있나 물어보자

문형렬/ 시인, 소설가

누구든지 그럭저럭 지내며 잊을 만하다가 '봉숭아 피기 시작하면, 봉숭아 마구 피면' 살아 있나 물어보고 싶은 인연이 있다. 살아 있는지, 죽었는지. 이 물음은 간결하지만 품은 뜻은 멀고 길다. 살아 있으면 됐고, 죽었다면 그래도 되었다라고 할까? 이 물음을 받으면 대답을 하기보다, 또 대답을 기다린다기보다 화자와 청자가 동시에 그 물음을 따라가서 어디론가 멀리 멀리 뻗어져 있는 길에 서 있을 것만 같다.

그래서일까?

김연대 시인의 시집 『봉숭아 피면 살아 있나 물어보고』를 따라가다보면 팔상전 뒤에 퍼질러 앉아 있는 그의 얼굴을 만나고 만다.

팔상전이라니….

붓다의 현생을 전생에서 열반까지 여덟 장면으로 그린 팔상도를 모신 곳이 팔상전 아닌가. 그가 팔상전 뒤에 퍼질러앉은 듯이 보이는 까닭은 여기 4부로 구성된 시편 안에 가만히 들어 있다. 팔상도가 억겁의 시간 차이가 나는 현상을 한 폭에 그렸듯 그도 깡촌 산골이 싫어 고향을 떠났다가 다시 고향에 돌아와 새 둥지 같은 집을 짓고 이미 사라진 옛 기억, 옛 사람들을 푸르게 불러내며 시의 등불을 시간, 공간 차이 없이 밝혀든다. 어릴 때 부르던 동요 한 자락처럼 여우가 밥으로 먹는 개구리가 '살았니? 죽었니?' 하고 물으며 발 구르듯 두려움 없이 생사를 구분하던 유년 시절을 여전히 등에 업고 가출해서 고향에 돌아오는 그 시간과 공간의 궤적이 이 시집 속에 다 모여서 있다. 서로 어깨를 기대어 가만히 서 있다.

팔상전 뒤에 퍼질러앉은 얼굴

이번 시집에 실린 그의 시들은 꽃 보러갔다가 꽃 지는 소리만 잔뜩 등에 지고 와서 이게 눈앞의 우담바라이고 내년 꽃 그림자라고 우긴다. 꽃 지는 소리가 얼마나 무거운데, 아직 저리 등에 지고 있으니 김연대의 등은 겉으로는 곧다 해도 이리저리 생골병이 들어 있음이 틀림없다. 그러니 맨 끝 줄에 들락말락하는 수행자처럼 팔상전 뒤에 퍼질러 앉아 있을 수밖에 없지 않을까. 여기 「옛 친구 김도현」을 보면 더 그렇다는 확신이 든다. 혹 퍼질러 앉았다가 뒹굴지는 않을까 싶기도 하고.

"어디 어떻게 사느냐고
　묻고 싶었는데

만난 김에 따라와보았다

산 너머 산 너머

세상보다

더 좋은 세상

그리며

사는 모습, 내 눈에도 잡히네"

　　　기축년 정초 道鉉

굴욕외교 반대하다

모진 고초 당할 때

이빨을 물고 '죽여라'고만 소리쳤던

나의 옛 친구

　　　　　　　—「옛 친구 김도현」 전문

　'옛 친구 김도현'은 어릴 때 고향 친구 김도현을 노래하며, 동시에 김도현이 그에게 써준 글을 인용해 시공이 서로 달랐던 경험의 세계를 원용한 세계로 맞물리게 한다(김도현은 내가 일했던 영남일보 논설위원의 선배이기도 하다). 이 시가 지시하는 의미의 막을 걷어올리면 먼 시간을 지나서 옛 친구를 만나 광폭한 시대를 겪었던 친구의 이름을 불러내면서 그는 앞서거니 뒷서거니 품어 안았던 시절을 간결하게 풀어낸다. 이어 팔상전 뒤에 퍼질러앉아 울음인지 웃음인지, 큰소리인지 작은 그림자인지를 공중에 떠나보내는 얼굴로 앉아 있는 풍경이 그의 시를 따라온다.

　이 풍경은 이번 시집에 실린 시 60편에 잔잔하게 스며들어 있다. 낮익고 흔하고 질박하고 애잔하면서도 그러나 그 노래들은 무언가 결기에 차 있다. 그 결기는 한번도 맹세와 약속을 잊어버린 적이 없어 오히려 어리벙벙한 해학적인 얼굴로도 보인다.

이제 4부로 나눈 시집 속을 팔상도처럼 바로, 팔상전 뒤에 퍼질러앉은 풍경을 따라가본다. 그가 등에 지고 있는, 저 지는 꽃잎의 외침에 귀를 기울여…, 무슨 소리가 들리는지 안 들리는지 스스로 되물어가면서.

1부에 실린 시, 「나인 것 같다」에서 「도리스 데이」까지 15 편은 눈 오고, 비 오고, 꽃 질 때, 눈 비 꽃 다 품고 찾아오는 시편들이다. 이렇게도 말할 수 있겠다. 눈이 안 오고, 비도 안 오고, 꽃도 안 필 때, 눈, 비, 꽃 다 안고 탱자나무 울타리 건너 조밭 지나서 그는 수수밭 너머 건너오는 바람 소리를 낸다고. 그 바람 소리에는, 누구인지 모르지만, 아직 땅에 남아서 별을 올려다보듯 속으로만 부르는 이름들이 들어 있다.

항아리가 담겨 있는 시집을

별채 서가로 옮겨놓고 돌아오는 길에

무심코 쳐다본 밤하늘

거기 하늘 중심에

크고 빛나는 별 하나 있다

구름도 없고 작은 별도 없고

오직 크고 빛나는 별 하나 있다

나를 바라보는 너인 것 같다

너 말곤 떠오른

그 무엇도 없었으니까…

—「너인 것 같다」 전문

바라보는 모든 것이 아름다운 꽃이어서

나도 꽃이 되고

그도 꽃이 되고

둘이 같이 꽃이 되어 피고 싶었지만

—「동심초」 부분

햇살이 따스하면 몸이 아프고

비가 오면 쓸쓸하고

바람 불면 외롭고

눈이 오면 그립다

그래도 바라보는 눈길에 미움이 없어

너는 한 떨기

우주를 향해 피는

이름 없는 꽃이다

—「이름 없는 꽃」 전문

    불가피하게 상실에서 비롯되는 그리움의 실체는 그가 만났던 인연을 통해 더 구체적인 시로 환원되어 나타나면서 그리움의 대상이 분명해지기는 하지만 앞의 예로 든 시처럼 막막하면서도 따스한 그늘이 하냥 깊어가서 시는 적막한 소리를 낸다.

무너진 토담 벽 기대서서

비싼 서울 술을 토한다

저들 까막까치들도 나를 위해서도

어느 한 가닥도 잡히는 게 없어

주먹을 풀고 흔들리며 돌아온다

지친 아내는 초저녁인데도

병아리 새끼들 치마폭에 싸안고 깊이 잠이 들어

시름의 무게도 보이지 않는다

—「체념」 부분

그들은 모두 꽃이었다

봉숭아 같은, 코스모스 같은,

흰 무명 적삼 검정치마의 나의 어머니나

가난의 표시 같은 죽은깨 몇 점

얼굴에 붙이고 다니던

찔레순 같은 내 누이도,

여린 손목 순한 눈의 두 동생도,

마구간의 어미 소도, 송아지도,

다 꽃이었다

—「추억의 꽃밭」 부분

　평소와 달리 냉정하게 대한 나 자신을 돌아보다 꿈에서
깼다

　일어나 앉아 창문을 열어보니 키 큰 파초가

　조금 전 꿈속 여인처럼 어둠 속에 서 있다

도리스 데이 떠올리며 필름을 돌려본다

—「도리스 데이」 부분

그의 시는 「도리스 데이Doris Day」에서 "섬에 뜨는 눈썹달 크는 거"처럼 풀쩍 그리움의 대상과 단계를 뛰어오르게 한다. 도리스 데이가 누군가. 될 대로 되라는 노래 〈케 세라 세라〉로 우리에게도 잘 알려진 가수 겸 영화배우이고 동물을 사랑한 여인이다. 죽은 뒤에는 묘비도 세우지 말라고 유언했던 도리스 데이를 좋아했던 젊은날에 만났던 여인이 꿈 속에 나타났고, 그 여인은 꿈 밖 창가에 서 있는 파초의 모습으로 보인다. 월미도 미군부대 막사 난로에 기름을 넣는 노동자로 일하던 20대 시절에 좋아했던 도리스 데이 닮은 여자와 만나는 꿈을 정신의학자 카를 융이 뭐라 하든 이 시는 아름답다, 도리스 데이의 노래처럼.

만파식적의 세상

1부에 들어 있는 시적 풍경들은 2부에서 고향에 돌아와 살면서 너그럽고 해학적인 장면으로 바뀌어서 나타나는가 하면 후회와 자책감, 성찰의 시간으로 펼쳐지기도 한다. 그는 어려서 보던 산이나 지금의 산이 다름이 없지만, 그 두 산 사이에 이미 지나간 시간들이 관통하고 있어서 탄식도 하고 눈치를 슬슬 보기도 한다. 자신에 대한 고백처럼.

「더러 더러 살아가면서」에서 그는 "배은하고 망덕하는 사람을 보면서" "그럴 때마다 자신도 모르게 그러고 있지 않나 더러 더러 놀라기도 하고 돌아보기도 한다"고 적고 있다.

「시에 대한 헌사」에서는 "밤을 바치고 새벽을 바치고/ 해와 달을 바치고/ 영혼을 바쳤다고 고백"하고 그러나 시는 "다가갈수록 멀어지는/ 절벽 위의 신기루"여서 "긁어대던 손톱이 조금 남았다"고 탄식한다. 「늙은 왕자」에서는 그 뒤 늦은 탄식을 통해서만 만날 수 있는 밝고 맑은 늦가을 햇살을 마음속에 차곡차곡 주워 담는다.

> 왕자는 늙어서 죽은 다음에 저세상 가서
> 이 세상이 추워서 떨고 있을 때
> 갖고 간 햇살을
> 무덤 밖 세상으로 비춰주려고
>
> ─「늙은 왕자」부분

짐짓 그는 해학적인 체하지만 그 속에서도 사람에 대한 그리움이 불쑥불쑥 튀어나온다. 작고한 문인수 시인을 그리며 "자신도 시간 재면서 틈보고 있는 중"이고 "그런 거 저런 거 다시 만나 얘기하게 만날 때까지" 편히 쉬라고 한다. 「춘자야」는 이채롭고 읽다보면 가슴이 아프다. 꽃 지기 전에 봄놀이 가자는 말은 이 땅에 봄이 오면 사부대중이 다 하는 말이어서 더 그렇다. 춘자는 이제 만날 길이 없으니까.

> 춘자야 우리 놀러 안 갈래
> 만파식적이 어찌 동해 용왕에게만 있어야겠느냐
> 정월 메주도 양지 볕에 두면 뜬다고 하잖아
> 이월 매화는 바람을 맞아야 향기가 높단다

어젯밤 꿈자리에
앞뒷산 진달래꽃이 다 지던데
꽃 지기 전에 춘자야
봄놀이 안 갈래
오늘이 삼짇이고
모처럼 제비도 돌아왔다
봄이 오니 네 생각나서 혼잣말 했다

—「춘자야」 전문

춘자에게 만파식적이 동해 용왕에게만 있지 않고 우리네 봄놀이에도 있다며 봄놀이 가자고 권한다. 그것은 유행가의 '봉숙이' 하고도 같은 결이다, 눈앞에 있는 봉숙이에게 집에 가지 말고 잠시 모텔에 쉬었다 가자고 한다. '춘자야'는 눈앞에 두고 하는 말이 아니고 봄이 와서 생각나서 하는 혼잣말이다. 춘자에게 만파식적 같은 봄놀이를 가자고 하는 제안은 지금 당장 쉬어가자는 봉숙이와 달리 수십 년을 훌쩍 건너뛴다. 무상한 세월 앞에 봄놀이 가자는 혼잣말은 「봄편지」에 이르러 민들레 홀씨가 잠든 바위를 두드리며 따뜻한 세상 만들어 보자고 외친다.

바위야 바위야 정신차려서
나하고 같이 동업해보자
네 틈새 빌려주면
나는 아침 해 닮은 고운 꽃 피울게
그래서 우리 같이 따뜻한 세상 만들어보자

—「봄편지」 부분

　봄놀이나 봄편지나 춘자를 다시 만나 정말 봄놀이를 가
거나 민들레 홀씨 같은 마음이 모여 따뜻한 세상을 만들기
만 된다면 만파식적이 따로 없다. 해와 달 아래 모든 중생
들을 평화롭게 하는 만파식적을 누구나 가지고 있어야 한
다는 그의 긴긴 봄꿈은 「만년 그리움」에서 확 드러난다. 이
름 없이 그립고 얼굴 없이 그리운 따뜻한 세상은 그 어디에
있을까?

　　슬플 때도 그리워라
　　기쁠 때도 그리워라

　　눈 오는 날 그리워라
　　바람 부는 날 더욱 그리워라

　　지금도 그리워라
　　먼 훗날 그때도
　　지금처럼 그리워라

—「만년 그리움」 부분

벽암록처럼 달려가니

　그가 시에서 밝히는 그리움은 일상적인 그리움에서 단호
하고 결연한 자세의 결기로 나아간다. 만년이 지나도 드높

은, 그러나 이름 없어도 얼굴 없어도 빛나는 그리움의 시들은 3부에서 수행과 섬광의 기세로 몰아쳐 나온다.

난초꽃이 삼경에는 요염하구나!
아득한 깊이의 암향
검으로 베어 가지고 싶어서
한생을 바쳐서 칼을 갈았네

—「벽암록」전문

산기슭 개울가 무더기로 피는 하얀 찔레꽃이
그들 순수 영혼인 것 같기도 해서
이때는 나도 잊었던 사람
만날 수 없는 사람 생각에 잠겨
찔레꽃도 뻐꾸기도 내 영혼이 됩니다

—「찔레꽃 필 무렵」부분

지사처럼 의연하고 속 깊은 난초 같은 향기를 품고 생애를 살고 싶었던 시인은 "찔레꽃 필 무렵이면" 육이오 때 결혼하자마자 군에 가서 죽은 집안 형들과 평생 혼자 살다 죽은 이종누님과 형수님 생각을 하다가 그만 찔레꽃도 뻐꾸기도 그의 영혼이 되는 겹겹의 정서를 품는다.

이 겹겹의 정서는 「지리산」과 「이태원」에서도 처연하게 드러난다. "노고단 반야봉 피아골 이현상 아지트/ 산수유 잎새마다 가지마다/ 새록새록 돋아나는 맑은 기운들/ 고와서 눈물난다/ (중략) 그 발자국 밟아가면/ 그 발자국 파고드는 밤 새소리/ 그 밤 새소리에 내 발이 먼저 아파/ 벽소령 푸른 별도 아파하는구나!/ 천왕봉 보름달도 아파하는구나/ 동이 트기엔 동이 트기엔/ 아직도 밤이 깊은 밤이 깊은 산"이라고 한국 현대사에서 아직도 상흔이 깊은 이념의 비애를 드러내고 있다.

그런가 하면 「이태원」에서는 "먼 산골에서 무를 뽑다가도 슬프고/ 시래기를 엮다가도 눈물이 나는 것은/ 이 가을 이태원 밤거리 걸어보고자/ 모처럼 친구들과 축제에 갔던/ 꽃다운 우리 젊은이들의 억울한 떼죽음이/ 나의 죽음과 같기 때문이다/ (중략) 억울하게 죽은 나의 분신들이/ 사랑하는 나의 젊음들이/ 살아서 환호하며 돌아올 때까지는/ 내게는 내내 슬프고 슬픈 거리가 되었다"며 애태운다. 그에게 젊은날 이태원 거리는 용산 미군기지에서 시급 노동자로 일하고 당시 화폐개혁으로 100환이 10원으로 되어 "밥 한 공기 값이 100환에서 10원 되고/ 잔치국수와 왕대포는 50환이 5원으로 되었지만" 배고팠던 때를 아름답게 추억하는 거리였다.

그는 2022년 10월 일어난 이태원참사를 자신의 청춘이 불타버린 분신이라고까지 쓴다. 1950년대 초 '지리산'의 빨치산 시절에서 2022년 '이태원'참사까지가 그에게는 청춘의 비명으로 이어져온 것이다. 이 땅에서 그해 가을을 겪었던 수많은 이들에게 이태원참사, 억울한 떼죽음은 우리 모두의 애처로운 죽음과 같기 때문이다.

산골 봄소식에도 업장이 맺혀 있을까?

카르마, 업장은 몸과 입, 생각으로 짓는 선악의 총체를 이르는 산스크리트 어이다. 지나온 3부까지의 시편들이 어리벙벙하면서도 결기를 밝히지만 4부의 시 15편은 그것들을 결집해서 회향廻向의 이정표를 향한다. 회향이란 지금까지의 성취를 제행무상의 세상에 돌려 바친다는 의미가 있다.

서른 살 젊었을 적 뻗은 손가락
일흔 훌쩍 넘은 간밤 꿈속에서도
구부려지지 않고
그때처럼 뻗었구나!
육도를 윤회하는
어두운 내 그림자

—「카르마 1」전문

휴대폰도 옆에 있고
가족도 옆에 있고
지갑에 용돈도 조금은 남아 있고
그럼에도 불구하고
또 다른 막막함에 몸을 뒤척인다
원죄와도 같은 벗어지지 않는 굴레
사해를 떠도는 오온五蘊의 일엽편주

—「카르마 2」부분

그는 색수상행식, 즉 감각의 기초를 이루는 오온五蘊이
다 공하다는 말을 하지 않고 그것은 온 바다를 떠도는 나뭇
잎 배라고 이른다. 오온이 다 공하든, 오온이 욕망으로 얼
룩지든 상관없이 계절이 사해를 돌고 돌아 일엽편주처럼
봄소식을 보내면 그가 돌아온 고향 앞산, 뒷산에도 봄소식
이 온다고 그는 적는다.

> 산골에 봄 오는 소식은
> 산 넘어 소문으론 알 수 없고
> 잔설이 희끗희끗 남아 있는 산비탈
> 할아버지 등허리 가려움증으로 안다
>
> ─「산골 봄소식」 부분

그는 산골에 봄 소식이 전해지면 허전하다. "동무 없는
나는 혼자 심심하면/ 까마귀 찾아 빈 하늘 바라보다/ 고라
니 찾아 빈 들판 바라보다/ 버들메기 찾아 흘러가는 개울물
들여다본다" 그러다가 그는 집 건너편 앞산에 봄소식이 넘
쳐서 초록이 짙고, 성미 급한 봄꽃은 다 져버린 그 앞산에
어머니를 만나러 간다.

> 오늘은 어버이날 여든 넘은 아들이
> 앞산에 계시는 어머니 뵈러 간다
> 오르는 길가 굴참나무 신나무 상수리나무
> 나무들 가지마다 피어나는 이파리들
> 새롭고 이쁘고 해맑아

멈춰 서서 손으로 만져보는데

너무나도 뜻밖의 감촉

부드럽고 촉촉하고 따스한 어머니의 손

걸음이 더딘 지팡이 짚고 오는 이 아들 바라보다

산길 마중 내려오신

어머니의 손 어머니의 살결

만지고 만져봐도 틀림이 없어

눈물이 펑

—「어버이날」 전문

더 무엇을 말하랴 싶다.

안동 길안면 한실마을에 번지는 산골 봄소식은 여든 넘은 아들에게 봄소식 전하러 따라온 이파리들이, 꽃잎들이 마중나온 어머니의 숨결로 찾아온다. 어쩌랴. 이즈음에 이르러 그의 시는 윤회와 업장을 넘어 계절의 순환을 따라 찾아온 어머니의 기다림으로 이어지고, 아들인지 어머니인지 구분도 없고 차별도 없는 두 그리움은 펑 쏟아지는 눈물로 봄날을 환하게 비추고 마는 것을.

이제 이 글을 마칠 때가 되었다. 문득 병석에서 일어나서 내게 먹을 갈아라 하고는…, 달력 뒷장에 석북 신광수(1712~1775)의 한시漢詩를 적어두고 오래 마지막 봄볕을 지켜보시던 아버지의 모습이 떠오른다.

수류동원의 화발한여춘水流同遠意 花發恨餘春

흐르는 물 따라 뜻은 더욱 멀고
꽃이 피면 남은 봄날이 한스러워라

지금 울담 밖에는 사정없이 봉숭아 핀다.

봉숭아 피면 살아 있나, 하고 긴긴 여름날, 누구에게 안부를 물어보아야 하나?

명년 봉숭아 다시 필 때는 또 어떡하라는 뜻인가?

80여 년, 일생 시를 붙잡고 어눌한 구름처럼 걸어온 눌운세訥雲丗 김연대 시인에게 어눌하게나마 되물어보고 싶다.

현대시세계 시인선 **164**

봉숭아 피면 살아 있나 물어보고

지은이_ 김연대
펴낸이_ 조현석
기   획_ 김정수, 우대식
펴낸곳_ 북인
디자인_ 푸른영토

1판 1쇄_ 2024년 06월 10일
출판등록번호_ 313 - 2004 - 000111
주소_ 121 - 842 서울 마포구 서교동 460 - 34, 501호
전화_ 02 - 323 - 7767
팩스_ 02 - 323 - 7845

ISBN 979-11-6512-164-8   03810
ⓒ 김연대, 2024